CATÉCHISME

POLITIQUE, DÉMOCRATIQUE, SOCIAL

OU

PROGRAMME

DES

DROITS DE L'HOMME

DÉDIÉ

AUX MEMBRES MONARCHISTES
de l'Assemblée nationale de Versailles

Par le citoyen Patricio CAMPS

Ex-représentant de l'Assemblée directrice des Provinces
Ex-membre du comité électoral de Madrid

———— ·❦· ————

BORDEAUX

IMPRIMERIE DE P.-M. CADORET

12 — RUE DU TEMPLE — 12

——

1871

Sur le point de publier ce petit catéchisme, mon premier devoir est d'expliquer à mes lecteurs pourquoi j'entreprends cette œuvre, et de quel droit je le fais. En effet, il paraîtrait peut-être étonnant qu'un Espagnol prenne l'initiative dans l'exposition d'idées qui, intéressant l'état actuel de la France, semblent exclusivement réservées aux citoyens Français et interdites à tout étranger. Peut-être, sans les raisons spéciales que je vais donner, mon entreprise paraîtrait-elle à beaucoup une légèreté.

En parlant des troupes qui, à cette heure, luttent dans Paris pour la République communale, un membre de l'Assemblée de Versailles les a qualifiées de troupes *cosmopolites*.

Dans sa bouche, ce mot était une insulte; si c'est une insulte, je la relève, et c'est parce que je suis cosmopolite que je prends la parole.

Dès l'âge de quatre ans, transporté de Mahon, mon pays natal, à Alger, je reçus mes premières leçons de professeurs français, soit dans les écoles élémentaires, soit au lycée. C'est en France que je fis, plus tard, mes premières études de médecine; c'est en France que se passa ma jeunesse; c'est en France que se formèrent mes premiers rêves et que s'évanouirent mes premières illusions. Plus tard encore, je combattis comme volontaire dans vos rangs; je fus blessé à côté de vos conscrits à l'assaut de Malakoff. Plus tard encore, je fus un des vôtres; c'est moi qui, le premier, enseignai, avec le docteur Bertrand, chirurgien en chef de l'hôpital militaire d'Alger, la chirurgie élémentaire à vos élèves arabes. Vous m'avez donc admis aux partages de vos dangers, de vos priviléges et de vos gloires. Aussi, Espagnol par le sang, par la naissance, j'ai vraiment deux patries, la France et l'Espagne. Je suis donc un de ces *cosmopolites* que voulait injurier le membre de l'Assemblée de Versailles, c'est à ce titre que je relève l'insulte faite à ce nom.

Je le fais encore parce que je suis partisan de la *Commune* dont l'établissement serait l'avénement de la République fédérative, parce que je suis partisan de la République universelle, parce que j'approuve le programme du républicain fédéral, qui tend à établir dans les nations et dans les cœurs une paix durable, à faire cesser ces luttes sanglantes qui se renouvellent à la chute ou à la mort de chaque monarque.

Je m'arrête ; ce préambule est assez long : mais il était indispensable pour établir mon droit à la parole dans les circonstances où se trouve la France.

Je suis républicain. Il me faut donc d'abord ce mot, que l'on altère et que l'on dénature à plaisir et avec perfidie, auquel on enlève toutes ses beautés, pour s'en servir ensuite comme d'un épouvantail auprès des simples d'esprit. Il sera nécessaire aussi de montrer les différences qui existent entre tout autre gouvernement et celui de mon choix afin que le

lecteur puisse juger en toute connaissance de
cause à quelle forme de gouvernement il doit,
s'il est sincère, accorder sa préférence.

Comme mon but est de prouver à l'honora-
ble Assemblée de Versailles que la classe répu-
blicaine cosmopolite ne veut pas, par des in-
sinuations subtiles, se créer des prosélytes,
mais qu'elle a le droit au contraire de répandre
les maximes salutaires qu'elle enseigne, je
dois préciser le sens des termes que j'emploie
pour les faire bien comprendre. Je prie donc
les membres monarchiques de cette noble assemblée d'excuser la simplicité de mon lan-
gage et la sincérité avec laquelle j'exposerai
mes idées. Mon intention est de me mettre à
la portée de tous, et si dans ce petit ouvrage
quelque chose pouvait paraître une offense à
quelqu'un, je le prie de n'en pas faire cas; mon
intention est de ne blesser personne, autrement
je ne pourrais atteindre le but que je me pro-
pose : faire partager mes convictions à ceux
qui me liront.

Et vous, lecteurs, quoique républicain cosmopolite, deux titres qui sonnent mal aux
oreilles de quelques membres de l'Assemblée

de Versailles; ne voyez en moi qu'un ami dé-
voué à la France, heureux de ses succès, af-
fligé de ses revers, sans ambition, puisque, né
loin de votre sol, il ne peut prétendre à rien
en France, qui ne désire que l'estime des bons
Français.

I

Consultons l'histoire de toutes les nations et parcourons une à une les diverses périodes de leur civilisation et nous trouverons toujours qu'aussitôt que plusieurs hommes se trouvent réunis, leur premier besoin est de se former en société; pour cela ils établissent des mesures par lesquelles chacun sacrifie de ses droits et s'impose des obligations afin de pouvoir vivre en harmonie.

Ces droits sacrifiés et ces devoirs imposés sont le principe philosophique sur lequel se fondent les lois; c'est pourquoi nous devons rechercher avec calme les moyens les plus efficaces pour établir des priviléges et des obligations égales dans toutes les classes de la société afin de pouvoir former un gouvernement juste et durable.

Nulle loi ne pourra exister sans deux conditions indispensables qui sont justice et nécessité.

Ces deux conditions justifiées, il faut faire respecter la loi; c'est justement cette nécessité qui donne naissance à l'autorité. De même que dans une association mercantile on choisit une personne pour représenter tous les associés sous le nom de directeur; de même en politique il existe un chef du pouvoir exécutif, ou président, ou dictateur, ou roi, ou empereur, selon la forme de gouvernement que l'on adopte.

Malheureusement, comme nous voyons, il y a plusieurs manières de personnifier le pouvoir, et à cela sont dues toutes les sanglantes guerres civiles.

Les principales formes de gouvernement sont Monarchie et République, quelquefois Empire ; mais comme je ne pense pas ce dernier prêt à se relever, nous le passerons sous silence ; ainsi nous n'émettrons point d'opinion sur lui, c'est la seule manière de ne pas rouvrir la plaie encore saignante.

Dans la Monarchie, on trouve différentes formes qui entraînent des divisions dans le parti monarchique. Il en est de même dans la République ; pourtant l'on peut définir d'une manière assez précise ces deux mots.

On appelle Monarchie une forme de gouvernement où le chef est nommé pour la vie et sans responsabilité de ses actes.

On appelle République une forme de gouvernement dans laquelle un ou plusieurs chefs sont élus pour un certain temps et responsables de leurs actes devant la loi comme tout autre citoyen.

La Monarchie, comme dit son nom qui vient de Dieu, mots grecs *Monos* (un seul) et Arche (pouvoir) peut être héréditaire ou élective.

La Monarchie héréditaire est celle qui se transmet d'un homme à un autre sans tenir compte de la volonté de la nation, c'est ce que les légitimistes appellent la Monarchie de droit divin.

Nous ne nous étendrons pas sur cette sorte de Monarchie, vu qu'elle est en pleine décadence et sans espoir de jamais renaître, quoique le clergé romain la défende à outrance.

La Monarchie élective existe quand une nation choisit un roi sans tenir aucun compte des droits de la famille du roi défunt ou détrôné.

La Monarchie, dans sa forme politique,

possède aussi différents noms. Elle peut être absolue ou constitutionnelle.

La Monarchie est absolue quand le roi a le droit de faire les lois et de les faire exécuter à son gré, c'est-à-dire quand il est maître et juge des destinées d'une nation.

La Monarchie est constitutionnelle quand la nation se réserve le droit de faire ses lois par l'intermédiaire de ses représentants et que le roi n'a que le droit de les faire exécuter.

Il ne suffit pas de connaître simplement la signification du mot Monarchie, il faut encore réfléchir sur les diverses conséquences inévitables de cette forme de gouvernement. En effet, il n'existe point de doute que la Monarchie absolue ne puisse être un gouvernement très-économique, attendu que le roi ayant le droit de faire les lois et de les faire exécuter, pourrait naturellement trouver un moyen par lequel tous ses délégués étant sans rétributions, une économie immense en résulterait. Mais malheureusement l'histoire prouve que toutes les fois qu'un homme s'est trouvé revêtu de ces pouvoirs illimités et sans contrôle dans ses prétentions, il en a toujours abusé, et aujourd'hui cette forme de Monarchie ne serait appuyée que par une certaine classe de la société (que je ne veux pas nommer parce que je ne prétends pas m'attirer la malveillance de personne) et le roi n'écouterait que les conseils de ses quelques privilégiés, et comme d'autre part il dépendrait de lui d'exiger telle ou telle contribution sans être forcé d'en prouver le besoin; je ne pense pas que mes lecteurs désireraient un tel gouvernement, c'est pourquoi je ne poursuivrai pas cette discussion.

Il est pourtant utile de faire remarquer qu'en dehors du droit qu'il possède sur les contributions, un roi absolu ne consulte jamais ses sujets sur les décrets qu'il veut prononcer, puisqu'il est le seul juge des exigences de sa souveraine volonté.

Dans la Monarchie constitutionnelle, comme nous avons dit, la nation se réservant le droit de faire ses lois, choisit un homme pour les faire exécuter et lui accorde certains priviléges particuliers et pour lui et pour sa famille.

La Monarchie constitutionnelle a plusieurs formes définies : elle peut être aristocratique ou démocratique. Elle est aristocratique quand la noblesse et certaines classes privilégiées de la société ont seules le droit de faire les lois.

Elle est démocratique quand tout citoyen peut être membre du Corps législatif par le libre suffrage.

Je n'expliquerai pas les différentes bases

III

La Monarchie peut aussi, en dehors des dé-
nominations désignées, être juste, despotique
et tyrannique.

Elle est juste quand le roi se borne aux
limites d'une juste raison et ne tend qu'à
augmenter les facilités des rapports de chacune des classes de la société ne recherchant
que le bien commun.

Elle est despotique quand le roi ne consulte en rien les lois établies, ni l'intérêt
de ses sujets et veut les faire valoir au gré
de son plaisir.

Elle est tyrannique quand non-seulement
le roi agit à son plaisir mais poursuit aussi
ceux qui n'approuvent pas ses actes, en les
livrant au bourreau ou en les expatriant, et
se réjouit, en un mot, à compter les victimes
de ses mauvaises passions.

IV

Pour que le lecteur puisse avec impartialité juger par lui-même et se former une idée du gouvernement républicain fédéral ou communal, je citerai, comme dans la Monarchie, toutes les formes de gouvernement qui pourraient être appliquées.

Le mot République signifie un gouvernement reconnaissant la souveraineté du peuple, et la représentation par un ou plusieurs délégués pour un temps défini par la loi, devant être élus de nouveaux représentants à l'expiration de ce temps.

La République peut être aristocratique, démocratique et démagogique.

Elle est aristocratique quand elle ne permet la représentation ou les charges qu'aux classes privilégiées ; que ce privilége soit celui de la noblesse, ou celui de la richesse ou celui de la science

Elle est démocratique quand elle reconnaît apte à la représentation ou aux charges tout sujet capable d'émettre son opinion ou son vote sans considération pour le rang social qu'il occupe, ne faisant aucune distinction entre le riche et le pauvre, le savant et l'ignorant, le noble et l'ouvrier.

Elle est démagogique quand elle donne la représentation et les charges à la plus basse classe de la société.

Quant à sa forme politique, la République peut être unitaire, confédérée ou fédérative (communale).

Beaucoup ont cru que République confédérée et République fédérative signifiaient la même chose, mais comme il y a une grande différence, j'expliquerai le fond de chacune.

La République unitaire est celle qui centralise le pouvoir dans les mains d'un ou de plusieurs citoyens sous le nom de présidence et établit des lois uniformes pour tous les départements ; elle ne diffère de la Monarchie constitutionnelle que parce que la présidence n'est donnée que pour un certain temps et n'entraîne aucun privilége sur les autres citoyens en dehors d'elle-même ; représentant de la loi, le président doit la faire observer, mais il est lui-même dépendant de cette loi et responsable devant elle, et à la fin de sa présidence il doit rendre compte de tous ses actes.

La République confédérée est la réunion de plusieurs gouvernements qui s'unissent pour se prêter un mutuel appui, mais qui n'abandonnent point leur entière autonomie dans la législation intérieure, vivant entièrement indépendants les uns des autres, sauf dans la politique extérieure vis-à-vis d'autres gouvernements étrangers à la confédération.

La République fédérative (ou communale)
est l'union intime de différents états, provinces ou départements qui, tout en ayant
différentes manières de s'administrer dans
leurs affaires intérieures, reconnaissent pourtant la même constitution quant aux lois fon-
damentales pour tout ce qui est devoirs généraux ; participant tous en union et manco-
munité aux frais d'un même gouvernement
conservant les mêmes lois de douanes, et
quoique chaque commune aie le droit de se
gouverner à sa manière, il faut que les lois
obtiennent l'approbation de l'assemblée, et
par conséquent une commune peut très-
bien prendre des dispositions à elle toutes
spéciales pour son administration intérieure,
pourvu qu'elle ne contrarie pas les intérêts
d'autres communes.

Il est naturel que l'on exige l'approbation
de ces lois d'administration intérieure, afin
que, par une étude approfondie, elles soient
faites de manière à ne pas entraver les intérêts d'aucun des états de la République.

Chaque état se gouvernant à sa manière, il en résulte l'inutilité des grandes armées permanentes, et par conséquent la cessation des lois de la conscription. Consultez, lecteurs, les frais qui se font au ministère de la guerre et vous verrez quelle économie pour la nation résulte de cette première disposition.

Personne, je crois, n'oserait nier la question fondamentale de la préférence due au gouvernement de la République sous le rapport économique, le mot seul suffit : seulement nos ennemis prétendent que nous comprenons mal les choses, et cette liberté et ces droits réclamés par le peuple sont tellement défigurés que je crois nécessaire d'expliquer ce que nous, républicains fédéraux (ou communalistes) nous entendons par ces mots : c'est ce que je vais faire dans mon appendice.

APPENDICE

Qu'est-ce que la liberté réclamée par les républicains fédéraux ou communalistes?

La liberté réclamée par les républicains fédéraux ou communalistes est l'usage constant des facultés de l'homme, et la mise en vigueur de ce droit s'appelle en politique autonomie.

La liberté doit être d'accord avec la conscience et la justice, et de ces trois principes naît le droit.

La liberté réclame, la conscience consent, la justice accorde, et c'est ce qui fait le droit.

La liberté est un droit acquis par l'homme dès le jour qu'il vient au monde, et n'oubliant pas que cette liberté n'est que l'usage des facultés de l'homme sans préjudice direct d'un autre membre de la société, il faut qu'elle soit d'accord avec la conscience et la justice.

De ce droit naturel sont nées la tolérance et l'égalité.

Qu'est-ce que la tolérance?

La tolérance n'est que la faculté accordée à un chacun d'agir d'après sa volonté sans préjudice d'un troisième.

Rien n'est plus juste qu'un homme aie le droit d'agir d'après sa manière de voir sans préjudice de son voisin, attendu que cette volonté est la traduction de sa conscience et de ses facultés intellectuelles, principes que la violence ne pourrait faire disparaître et que l'on ne pourrait jamais éteindre chez l'homme.

Ce qui effraie le plus le grand nombre de non-penseurs est le mot égalité.

Qu'est-ce que l'égalité?

L'égalité n'est que le résultat obtenu par la liberté et la tolérance. La liberté et la tolérance admises, l'égalité existe de fait. La liberté et la tolérance ayant pour principes la conscience et la justice, il ne serait ni juste ni consciencieux de priver une classe quelconque de la société de ses facultés. Par conséquent tous les hommes ayant les mêmes droits, ils sont tous égaux et l'égalité est un principe vrai et juste, et si elle n'existe pas, c'est un vol fait à la société qui en est privée.

Ayant mentionné le mot droit, il me faut en préciser la signification afin que mon lecteur puisse savoir au juste ce que nous, républicain, nous pensons et le sens que nous donnons à nos paroles.

Qu'est-ce que les droits de l'homme?

Les droits de l'homme, c'est l'usage continuel des facultés et priviléges de la nature humaine.

Désirant seulement définir l'appréciation du républicain fédéral ou communaliste afin de prouver qu'il ne désire rien qui ne soit conforme à la justice, je dois m'éloigner de la routine classique pour préciser les termes.

Je dois diviser les droits en deux classes : les droits publics et les droits privés.

Le droit public est celui qui appartient à la société en général.

Le droit privé est celui qui appartient à un chacun dans ses relations avec sa famille.

Le droit public a deux faces : l'une représente la nation vis-à-vis d'elle-même, l'autre représente la nation vis-à-vis d'autres nations. C'est ce que l'on appelle droits internationaux. Comme ces derniers mériteraient une trop longue explication et qu'ils ne font nullement l'objet de ce catéchisme, je ne fais que les citer, et je m'occuperai simplement des droits privés, qui sont ceux que réclame le républicain comme inhérents à sa personne.

Je m'empresse d'ajouter que tout droit impose une obligation que l'on appelle devoir; par conséquent j'indiquerai les droits et les devoirs du citoyen.

DROITS DU CITOYEN

Combien de droits possède l'homme?

L'homme possède sept droits.

Quels sont-ils?

Le droit à la vie, au travail, à la famille, au secours, à la défense, à la propriété et à l'instruction.

Pourquoi a-t-il droit à la vie?

Parce que la vie est un don gratuit du Créateur et l'image de la multiplication du genre humain, et comme la société n'est que l'instrument passif du Créateur, elle n'a le droit de quitter ce qu'elle n'a pas aidé à procurer.

Pourquoi l'homme a-t-il droit au travail?

Parce que pour pouvoir vivre il faut travailler, et ayant droit à vivre il a droit à travailler.

Pourquoi l'homme a-t-il droit à la famille ?

Parce que l'homme étant par lui-même incomplet, la femme est le complément de sa création, et sans l'union des deux la société ne saurait exister, parce que de cette union dépend la reproduction; c'est pourquoi l'homme a droit à la famille.

Pourquoi l'homme a-t-il droit au secours?

Parce que pour vivre il faut travailler, et que quand l'homme travaille toute la société en général participe au bénéfice de son travail, parce que son travail est productif non-seulement pour lui, mais pour toute la société, et quand, par un accident, âge ou maladie il ne peut plus travailler, il faut que le restant de la société l'aide comme lui aussi l'aidait quand il travaillait : c'est un rendu pour un prêté.

Pourquoi l'homme a-t-il droit à la défense?

Parce que personne n'a le droit de prendre ce qui ne lui appartient pas, et comme, par exemple, la vie est la propriété personnelle de l'homme, il a le droit de la défendre quand on veut la lui ravir.

Pourquoi l'homme a-t-il droit à la propriété?

Parce que la propriété suppose le résultat du travail de l'homme, c'est-à-dire le salaire individuel du bénéfice qui lui correspond de son travail; personne n'y a plus de droit que lui; c'est, en un mot, sa propriété, il peut en faire ce que bon lui semble.

Pourquoi l'homme a-t-il droit à l'instruction?

Parce que l'instruction est le développement des facultés de l'homme, et comme ce même développement est le perfectionnement des arts et métiers, comme l'homme a besoin de travailler, il a droit à ce perfectionnement pour aider son travail.

DEVOIRS DU CITOYEN·

Combien de devoirs sont imposés à l'homme?

L'homme ayant sept droits à réclamer a sept devoirs à remplir. Il n'y a pas de vertu sans vice, ni vice sans vertu, et l'abus de ces droits est une faute contre les devoirs qui lui sont imposés.

Quels sont les devoirs de l'homme?

L'obligation de vivre, de travailler, de protéger sa famille, de secourir les pauvres, de défendre les intérêts généraux de sa patrie, de respect à la propriété d'autrui et à l'instruction.

Pourquoi l'homme a-t-il l'obligation de vivre?

Parce que la vie n'est pas un don qu'il

3

se soit fait lui-même, c'est un prêt que lui a fait son Créateur et il n'a pas le droit de se la quitter; mais il est obligé de la con- server jusqu'à ce que le même Créateur veuille bien la reprendre.

Pourquoi l'homme doit-il travailler?

Parce que, pour que l'homme puisse vivre, il lui faut le produit de son travail, et s'il ne travaille pas, d'autres sont obligés de tra- vailler pour lui, et c'est contraire à justice, et comme tout ce qui est juste est obliga- toire, il est obligé de travailler.

Pourquoi l'homme doit-il protéger sa fa- mille?

Parce que le père étant le représentant de ses enfants mineurs et de sa femme comme chef de la famille, il leur doit sa pro- tection.

Pourquoi l'homme doit-il secourir les pauvres?

Parce que, dès qu'il y a société, il doit exister des sacrifices personnels pour le bien général, et comme le pauvre, l'infirme ou le vieillard sont des membres de la société et ne peuvent se suffire, puisque leur travail ne pourrait contenter leur besoin, ceux qui se trouvent dans de meilleures conditions sont obligés de les secourir

Pourquoi l'homme est il obligé de défendre les intérêts généraux de sa patrie?

Parce que, demandant à la société de défendre ses droits individuels, ce mêmè individu contracte l'obligation de défendre les intérêts généraux.

Pourquoi l'homme doit-il respecter la propriété d'autrui?

Parce que, ayant droit à faire respecter comme sien le salaire particulier de son travail et en disposer à son goût, et que ce salaire est le principe de la propriété, étant juste que tous les hommes sont égaux, il faut qu'un chacun aie les mêmes droits, et demandant que l'on respecte le sien propre, il faut respecter le bien d'autrui.

Pourquoi l'homme a-t-il l'obligation de s'instruire?

Parce que l'homme n'acquiert le développement de ses facultés que par l'instruction et par l'instruction seule il peut apprécier la valeur de ses actions.

· De la mise en vigueur de ces droits et devoirs de l'homme résulterait le perfectionnement de la société qui jouirait alors des immenses bénéfices de la vraie liberté que l'on peut lui promettre sous le gouvernement de la République fédérative ou communale.

· Après avoir proclamé les droits de l'homme et annoncé ses devoirs dans le gouvernement de la République fédérative et communale, il faut prouver que ce gouvernement est préférable à tout autre gouvernement. Je laisserai de côté l'intérêt qu'offrirait à chaque département l'administration directe que leur offre la loi des communes; je n'ai besoin que d'une seule question, l'abolition des armées perma-

nentes, « c'est-à-dire ce vil moyen de se
créer des soldats par la conscription. »
Quel est donc ce roi assez populaire qui oserait ceindre une couronne qui ne serait dé-
fendue que par les armes loyales d'une garde
nationale? Non, un roi n'est possible si sa couronne ne repose sur des canons prêts à mi-
trailler ses sujets et des milliers de baïon-
nettes portées par des esclaves choisis dans
cette multitude qui, si souvent, verse son sang
pour conquérir ses libertés. Non, aucun gouvernement, sinon la République, n'osera abolir
cette loi honteuse de la conscription. Arra-
cher à vingt ans un enfant des bras de son
père qui l'a élevé jusqu'à cet âge, c'est
odieux, et sans considération pour la répu-
gnance qu'éprouve ce jeune homme pour la
vie de soldat, c'est ignoble.

Il y a des cas qui exigent que tout
homme se sacrifie pour son pays, comme
par exemple durant une invasion étrangère,
mais alors tout le monde y est obligé. Et
certainement ces invasions n'auraient point

lieu si ces grandes armées permanentes n'existaient plus, surtout si l'univers entier vivait en République.

Il faudrait naturellement prendre des mesures de défense tant que des rois existeraient pour éviter les folies de leur ambition, mais il est vrai aussi que l'on n'aurait nullement besoin d'armées permanentes, les cadres seuls suffiraient ; même rappelons-nous la guerre des États-Unis, le désir de la conservation de la République fit qu'en un instant tout le monde fut soldat.

La paix est l'abondance d'une nation, aussi voit-on les rois dès leur avénement au trône proclamer que toute leur conduite ne tendra qu'à assurer une paix durable. L'opulence est sœur de l'ambition, la splendeur du sceptre réveille bientôt les idées de gloire, et, fatalité inconcevable, il devient bientôt impopulaire, il recherche les moyens d'exécuter de nouveau l'enthousiasme de ses sujets, l'armée permanente (magnifique un jour de revue) lui offre la gloire militaire,

il veut, dit-il, prouver que l'éloignement
dans lequel il a tenu son peuple est dû à
ses pénibles calculs d'agrandissement, il
veut que son peuple soit le peuple souve-
rain des souverains, que chacun de ses sujets soit roi (dans une autre nation), et
qu'arrive-t-il, quand ces victoires projetées
se changent en défaites? Je me tais, lecteurs, pour vous laisser réfléchir.

Admettons que nous, républicains, nous
nous trompions; admettons que les monarchistes ont raison; que les rois ne méritent
pas cette impopularité. Admettons que c'est
la société qui s'est viciée et se fatigue de
tout en peu de temps; raison de plus pour
préférer le gouvernement de la République
fédérative ou communale, puisque dans
cette forme de gouvernement le pouvoir
exécutif n'est élu que pour quatre ans, et
si la société est viciée et se fatigue des vertus
d'un roi; en quatre ans, cet homme, se con-
formant à son rôle, ne pourra s'attirer les

haines de la société, et la société sachant le peu de temps que doit durer sa présidence, on ne recherchera pas pour se défaire de lui les moyens de la guerre civile, puisqu'elle saurait qu'à la conclusion des quatre ans elle aurait droit d'en élire un autre, et de demander compte au magistrat sortant des fautes qu'il aurait commises.

C'est alors, Messieurs les Monarchistes, qu'après plusieurs élections, si nous ne réussissons à assurer le bonheur du pays, vous pourriez nous dire qu'il vaut mieux se livrer aux caprices d'un homme, qui, quoique honnête, aura toujours autour de lui une foule de courtisans éhontés qui rechercheront tous les moyens possibles pour lui faire oublier que des milliers d'hommes souffrent, pendant qu'ils se noyent dans les plaisirs et aux frais de ces mêmes suppliciés.

Pourquoi, dans vos revers, vous posez-vous en libéraux? Un roi peut être libéral, les monarchistes, jamais.

De qui vous servez-vous pour battre aujourd'hui les républicains de Paris, Marseille, Toulouse, etc., etc.? D'autres républicains vous prévalant d'un mensonge in-
fâme, vous annonçant les défenseurs de la
République, mais d'une République honnête.

Quelle est l'honnêteté de votre République? Je vais vous la dire.

Tout ce que vous pourriez faire, dans le
cas que vous n'osiez proclamer la chute de
la République, ce serait de chercher un
candidat qui, jurant de conserver la République, travaillerait incessamment à ren-
verser la République, et vous ne craindriez
pas, au nom de cette sainte République que
vous haïssez, d'immoler des milliers de victimes.

Je pensais me taire, car, quoique ayant
passé presque toute ma vie en France et
avoir rendu quelques services à la France,
je n'ai cessé un moment d'être Espagnol.

Quels reproches pourrions-nous pas, nous,

républicains d'Espagne, vous adresser à vous,
monarchistes de France?

Était-ce à force de sang que la Révolution
de 68 se fit?

Était-ce par impopularité que le programme de la République fédérale se pro-
clamait dans toutes les villes et cam-
pagnes?

Était-ce le sentiment monarchique qui
dominait, quand il a fallu recourir au fils de
l'ingrat Victor Emmanuel pour pouvoir for-
ger un roi digne de vos coreligionnaires de
l'autre côté des Pyrénées?

Ne rougissez-vous pas au nom de votre
Maximilien?

Point de récriminations, je pourrai, dé-
passer les limites que je me suis tracées.

Je le dis hautement à nous, vrais républicains de toujours, à qui le cœur saigne de
voir vos luttes politiques se changer en
guerre fratricides, qui croyons pourtant que
dans vos luttes intérieures le Français seul
doit prendre part à des combats, et peut-être

(par sentiments) plus Français que beaucoup d'entre vous, je n'ai jamais pensé prendre part dans vos difficultés ; mais vous, Messieurs de l'Assemblée nationale de Versailles, vous avez permis à un et plusieurs membres de proclamer que les Parisiens ne faisaient point la révolution, mais bien une foule d'étrangers une race cosmopolite.

Si je ne me trompe, l'idée est une insulte aux nombreux étrangers qui vivent en France, dont plusieurs, certes, n'ont jamais déshonoré votre sol.

Je ne veux pas citer de noms, je pourrais en citer plusieurs.

Il serait, je crois, difficile, Messieurs les Monarchistes, que plus d'une centaine d'étrangers de toute classe aient pris part dans cette lutte politique que vous soutenez à main armée, et, soit dit en passant, il est probable que dans d'autres partis.... par respect au nom de Garibaldi, et plus encore par le souvenir de son concours dans les Vosges, on n'aurait pas exécuté si à la légère les quelques Garibaldiens que l'on prit à Marseille.

Une centaine d'étrangers ne forment pas le chiffre des 260,000 belligérants de Paris; une centaine d'hommes disparaissent dans le nombre qui, par toute la France, proclame la République fédérative ou communale.

Quoique blessé au vif par les plaintes imméritées que quelques membres de l'Assemblée nationale ont proféré sur la société étrangère, je ne changerai en rien mes idées politiques et je me déclare heureux de mon nom de cosmopolite et plus heureux encore d'appartenir au grand parti des républicains fédéraux ou communalistes, et ne déplaise à ces mêmes membres, que je salue très-respectueusement, j'annonce à continuation le programme reconnu par tous ceux qui appartiennent à ce glorieux parti.

PROGRAMME

Abolition
- De la conscription ;
- De la peine de mort ;
- Des armées permanentes ;
- Des priviléges héréditaires ;

Liberté
- Des cultes ;
- D'enseignement ;
- De la presse ;

Inviolabilité de domicile ;

Droit d'association et de réunion ;

Écoles et justices gratuites ;